언뜻,

시작시인선 0217 언뜻,

1판 1쇄 펴낸날 2016년 9월 19일
지은이 이선균
펴낸이 이재무
책임편집 김연필
디자인 이영은
펴낸곳 (주)천년의시작
등록번호 제301-2012-033호
등록일자 2006년 1월 10일
주소 (04618) 서울시 중구 동호로27길 30, 413호(묵정동, 대학문화원)
전화 02-723-8668
팩스 02-723-8630
홈페이지 www.poempoem.com
이메일 poemsijak@hanmail.net

ⓒ이선균, 2016, printed in Seoul, Korea

ISBN 978-89-6021-292-3 04810
       978-89-6021-069-1 04810(세트)

값 9,000원

언뜻,

이선균

천년의시작

시인의 말

저녁 천변을 걷습니다.
수화기 너머에서
모르는 노래 흐릅니다.

모든 흐름은
인력引力이 작용한다고 믿습니다.
그들과의 끌림, 울림, 흔들림……
얇고 가볍고 아득합니다.

그러나 간절하고 끊임없습니다.

2016년 가을.

차례

제1부

제1부

생이가래

교실 창가 어항에 떠 있는 생이가래.
이 물풀의 어원을 알아내지 못했다.

해임 사유 우거진 채용 계약서를
해마다 갈아엎는 나는
일년초 생이가래.
가라면 가야 하는 나
생이, 가래,
라는 철학적 해석에 무릎 꿇는다.

언제 해임될지 모르는
이 거대한 어항에서 근근이 부유하는
나 또한 생이가래.
생이, 갈애,
라는 가슴 아픈 해석에
그만, 엎질러진다.

물풀도 목이 말라 파랗게 봄을 탄다.

섭패*

섭패에 귀 대본 적 있나요?
껍데기 안쪽에 쟁여놓은 숨결 들어본 적 있나요?

거북등 같은 패각
갈고 문질러 버려지는 바다의 상처

상처로 일군 꽃밭에
은수나비 한 마리 내려앉아 고요를 뒤적이는 오후

바다를 다 삼킨 듯 어둠의 깊이를 더해주는 빛살 앞에서

꽉 오므려 쥐었던 영혼 먼 곳으로 이끌려갈 때……
중력의 손아귀 벗어날 때……

한 모금 불 머금고 되살아나는 어둠 그리고 방향.

● 섭패: 1. 전복, 소라, 조개 따위의 패각을 자개로 만드는 과정.
     2. 통영 지역에서는 전복 껍데기를 섭패라고도 한다.

몸속으로 강이 흘러요

몸속으로 강이 흘러요.

골관 악기 구멍마다 끊길 듯 풀려나는 선율
가수면假睡眠 뇌파 속 모스부호로 날아들어요.

불면의 성지에서 누군가 기도문을 외워요.
타고 남은 뼈 고르는 소리
순례객들 밀려들어요.

뼈로 만든 전생의 피리 소리 들어본 적 있습니다.
통증이 깊을수록 맑은 물소리 흘러나오는,

울음이란 울음은 모두 창공에 쌓아둔
나, 다음 생애엔 당신을 울러 가겠지요.

기댈 곳이라곤 돌무덤뿐
강바닥 쓰다듬는 잔돌 모습으로

내 눈물로 만든 피리 소리로.

흐르는 숲

창문을 열자
축축한 입자가
속눈썹 위에 얹힌다, 스친다.
안개로 날아든 당신

놀람은 떨림이 된다. 향내 풀어놓는다.

안개는 다시 바람으로 흐르다
곱씹을지도 모르지. 지난 감정에 대하여
나의 체온에 대하여

나 또한 말 없는, 손 없는, 끝없는 시간 천지사방 안개
로 흐를지 몰라

흐름과 흐름 속에서
속눈썹 위에 얹힐지도 몰라
당신 이마를 적셔줄지도.

우주가 우주를 낳는다는 거 믿기 어렵지만
어둠 속 횡단하는

별똥별 보게 될지도 모르지.

45억 년 만에
몸의 기억 되살아나
어스름 열어젖히며
다가오는
빛.

온도차

물불의 온도차를 어쩌지 못해
자정을 달려와
몸 담그는 바닷가

지구를 한 바퀴 돌아온 물방울들이
모래알을 닦는다.

그 소리 맑고도 깊어
밤이 넓어지고
온도차는 좁혀지고

솟구쳐 오르다 모래밭에 처박힌
내 무기력이 하늘까지 출렁인다.

물방울들이 불꽃처럼 서성이다 엉겨붙거나 고꾸라지기
도 하면서 지구 여행을 반복하는 것도

그 출렁임의 발자국 때문이다.

오늘만큼은 이 해안이 피안!

수많은 입자들 방파제 위로 하얗게 튀어오른다.

지평선

완벽한 밀착이다. 하늘과 밀밭의 심장과 심장이 맞붙어 있다.

흔들림 너머 아득한 곳까지 직선이다.

까마득히 솟아오른 사이프러스가 허공을 단단히 조이고 있다.

소금 호수, 천년 후에도 마르지 않을 호수, 체리꽃 밀어 올리는 발화점이 희다.

지중해의 햇살 발화점에 닿아 달아오르고

체리꽃 비명이 터져 천지를 떠돌고

수억 세포들 하나하나가 완곡하게 물결치며 서서히 꿈틀, 꿈틀거린다.

언뜻,

천변에 앉아 초록을 캐요. 쑥향을 뜯어요.

쑥향,

원시의 동굴에서 몸 바꿔 입은 여자의 냄새

그대와 내가 서로의 몸속에 심어놓은 냄새

마늘과 어우러져 깊이 배어 있는 사랑의 독소

언뜻, 보았지요.

몇 생애 전의 물가에서 아기 안은 여자와 불 피우는 남자,

돌아갈 수 없는

그 동굴을 떠나지 못하는 이유

당신을 놓지 못하는 이유

처녀자리

별자리 문양의 꽃잎을 찢는다.
찢어버려도 그늘은 남아 있어

밤하늘 따윈 올려다보지 않는 거야.
팽창 거듭하는 내 빗장뼈 아래
주먹으로 짓찧으며

관측이 까다로운 너는
불가항력의 별자리

중력이 무너진 너와 나 사이
흐르던 자장이 희박해질지라도

사랑 끝에서
검게 타오르는 초신성超新星이려니

추억 속으로 분분히 흩어지다
다시금 뭉쳐지는
역광을 꿈꾸는 거야.

진화를 건지는 거야.

멸치 덕장

흘림체로 몸부림치는
비릿한 인연, 어쩌다
이곳으로 이끌려왔나.

단 한 획의 미라.
고독한
이미지스트.

화사한 그늘

폭염이 폭염을 몰고와 악전고투하는 나날

노부부만이 의기양양 생기가 살아납니다.
모래밭 빼곡히 심어놓은 비치파라솔
여름 한철 그늘 농사 모처럼 활황입니다.
그늘 한 자락에
바람 한 자루 덤으로 얹어주는 밀거래
실업자 아들도 기세등등 그늘을 경배합니다.
공사판 잡부며 모텔 청소부로 돌고 돌아온
노부의 막사
파도가 헛발질로 우회하는 모래톱, 승전보를 타전합니다.

폭죽이 하늘 높이 올라가 기꺼이 웃어주는 밤
일사분란 비치파라솔 야간점호 받습니다.

내일은 몇 권의 그늘막 전진할 수 있을까요?
지상의 별들 이마 맞대고 작전준비 중입니다.

불타는 비탈

　노모와 고추를 딴다. 노모의 허리와 무릎이 익힌 통증을 딴다. 가슴 깊숙이 욱여넣은 통점을 열면 문득 서늘해지는데

　고추씨로 허기 면하던 까치들, 거덜나는 고추밭 내려다보며 칵칵 퍼덕퍼덕 으름장 놓는다. 잘 익은 고추씨가 일용할 양식이란 걸 저들은 어떻게 알아냈을까. 얼얼한 통증의 맛을 어떻게 즐기기 시작했을까. 비릿한 씨앗이 다글다글 뜸들 때까지 무엇으로 견뎠을까. 생각의 꼬리가 날개를 타는데

　빨갛게 가꿔놓은 일 년 농사를 까치 무리들이 짓이겨놓는다고, 저 새들이 화적 떼가 되어간다고, 세상에 영원한 것은 없는 법이라고 노모의 한숨에 산자락도 허리 굽는데

　저녁 하늘이 불타고 있다.

　접시꽃 이팝꽃 샐비어……
　툭, 툭, 툭 벌어지는 그 순간

노모가 소리치신다.
밥부터 먹자, 저 꽃들도 허기지겠다!

적조

달의 내부를 탐색한다.
초음파로 뒤진다.

진흙 바다,
우주를 빨아들인다.

솟아오른 빙산이 있다.

어느 허공을 떠돌다 분화구에 뿌리내렸나?
필름을 판독 중이지만 알아내지 못한다.

　오래전 어머니의 어머니로부터 주기적으로 빅뱅을 일으
켜온
　혈자리
　손바닥 독법으로 읽는다.

먼 빛 끌어당기는
서로의 주변 맴돌게 하는
몸속 중력이 빙산을 끌어들였나?

달에서 떨어졌다는 운석을 닮았다.

뿔, 뿔들, 수위가 높아진다.

맥박 끝에서 초침이 뛴다

죽어지내다가, 뛴다.

우울을 팽개치고
비행을 준비한다.
일용할 양식을 냉장고 칸칸이
공휴일 메뉴는 더욱 풍성하게

트랩에 오르자 날개가 돋는다.
날개를 펼치고 눈을 감는다.

고도는 3만 피트, 속도는 시속 1천 마일
날아오른다.

구름이 구름을 풀무질하는 우랄 알타이산맥 지나
태양의 거대한 그늘 고비사막 지나

나는 훨훨 나는 시간 소믈리에

신선실에서 내장이 상해가는 물고기의 시간, 통째로 무
너져내리는 무의 시간, 진물 흐르는 시간들 퍽퍽 치대어 둥

글게 부풀린다. 물컹거리는 시간덩어리 투포환 자세로 날
려버린다.

　지금은 궤도 밖으로 이탈하는, 시간
　시공 밖으로 탈주하는, 시간

　노을 위의 즐거운 저녁식사
　달콤한 친절을 아껴 먹는다.

한밤의 춤

짐승 가죽으로 치부를 가리고
북채 감아쥔 손 이마에 얹고
홀로 잠든 한밤중.
누군가 들여다보는 서늘한 낌새
잠에서 깨어나려 안간힘 써보지만
손끝 하나 움직여지지 않는다.
백년百年처럼 무거운 눈꺼풀
눈알만 되굴리다, 머리채 흔들어 창을 연다.
오, 눈부신 어둠이여
폭설이여
주술을 외는 밤하늘의 족장이여
나는 족장의 주술을 전수하는 자.
그 소리 놓칠까 봐
자다 뛰다 주저앉는 동안
백 년이 흘렀다. 지금이
아침인가, 꿈속의 꿈인가.
나는 작살을 꼬나든 원시부족의 후예
북을 두드려 몸을 말린다.
달빛 리듬으로 춤을 춘다.

제2부

나는 그만 말을 잃었지

튜브에 매달려 물 위에 떠 있었지.
초록이 다 빠져나간 눈
내 목소릴 줍고 있었지.
무슨 말을 쥐여줘야 할까
울대를 잃어버린 그
언어가 그리워 사지를 뒤틀었지.
말하려 애쓸수록 침상이 덜컹거리고
가래만 끓어올랐지, 방울방울
침대 시트 위로 떨어지는 희디흰 꽃들.
물 항아리 같은 그의 눈, 새털구름 흘렀지.
꽃대 밀어올리던 손목
하염없이 떨어졌지.
힘껏 감았던 연緣줄 다 풀어놓고
천천히, 묵묵히 가라앉았지.

물안개 무심히 번지는 오후.

누호

부풀었다 잦아들기 거듭하는

저 소양호

흐르고 싶은 데로 떠나지 못해

수심 너울거릴 때

진달래 터트리고 온 바람

발목 스칠 때

누호淚湖를 열어

등고선 다 보여주고 싶을 때

세상으로부터 스스로 고립되고 싶을 때

아니,

너에게 파랗게 수몰되고 싶을 때.

붉게, 젖다

문고리의 힘으로 엄마 혼자 동생 낳았지.

엄마의 신음에 마른 창호가 젖고
아기의 고고성呱呱聲 새벽달을 찢도록 아버지 오지 않았
네.

추수 끝나기가 무섭게 아버지 해남으로 진도로 밥을 벌
러 떠돌고
혼자 육 남매를 낳고도 손수 미역국 끓이던 엄마.

저 바다도 홀로 산고産苦 치르네.
안개 뒤집어쓰고 몸 뒤트는 소리
이슬 비친 수평선 눈시울 붉어오는 소리

희미한 문고리, 새벽달을 붙잡고
태양의 붉은 머리 밀어올릴 때

구름 뒤섞인 바다 핏물 들 때
그 많은 파도가 엄마를 덮쳐

뻐근하게 독백 부풀어오르고
먼 데 햇살은 또 저 혼자 자글거리고

엄마는 무수한 엄마가 되어 젖고 젖었지.

그라데이션

책갈피에서 스무 해 전 쪽지가 떨어져내린다. 손바닥만
한 동심.

세민아, 오는 길에 비가 조금씩 왔지? 우산을

가지고 나가지 못해 미안! 공개 수업할 때

고생 많았지? 식탁 위에 있는 오백 원으로 요술

연필심 사고 남은 돈으론 과자 사 먹어. 어디 갈

땐 문 꼭 잠그고. 누나는 2시 30분쯤 올 거야.

아무나 문 열어주지 말고.

—누나가

유리구슬 눈 딸애는 초등학교 2학년. 빼빼 마른 동생은
1학년. 누나는 미술학원엘 다녔던가. 동생은 공개 수업을
했구나. 오지 않는 엄마를 얼마나 기다렸을까.

비가 오는데

엄마인 나는, 또 얼마나 동동거렸을까. 아파트 계단 오
르내리며 급히 학습지를 돌렸던가. 남의 집 대문을 초조히
두드렸겠지.

덜컹거리는 시간, 어떻게 굴러왔을까.

두 아이가 바퀴를 굴려 여기까지 날아왔을까.

파묵破墨

낫 놓고 기역자를 겨우 깨치신 아버지
결기 머금은 파밭에서
일평생 꽃 피우셨지.

파밭 행간에서 나는
돌멩이를 차거나 나비를 쫓았지.

당신은 발톱이 무너지도록
뚝심 하나로
불후의 전집 엮으셨는데

초승달 된 낫으로 꿩의 목을 베기도 했지.
그런 밤이면 피 묻은 바람이
나를 낚아채 밤새 끌고 다니기도 했지.

부록으로 따라다니던 내게
대물림으로 꽂아준 푸른 만년필,

그 빛나는 발톱으로
밤을 찢어발기고

날아가는 새도 낚아채겠다던 나는

아직 무엇 하나 제대로 붙잡지 못했네.

파꽃보다도 뾰족한 불꽃 길어올리겠다던, 나는.

11월

은하계에 못 박힌 당신은 천 년 전에 사라진 별자리라
지요.

유성우를 뿌리며 당신이 내게 와 닿은 계절은 밤 깊은 강
가였습니다.

밤하늘이 나를 들여다볼 때마다 내 손 흐려진 까닭은 없
는 당신을 오래 기다린 때문입니다.

이제 그만 서로 다른 강줄기로
바다로 허공으로 휘어들자던 붉은 음색도
천 년 전에 엎질러진 악보일까요.

삭월의 밤
수면 밖으로 날아가는 발자국은 방향 없이 아득해지는데

빛으로 맺은 천 년 약속은 점점 더 또렷하게 강심으로 흐
릅니다.

헛꽃

배경만으로 존재의 이유가 된다.

향낭도 씨방도 없이
난분분 흐드러지다

혼자 울 곳을 찾아
허옇게 말라간다.

천치 같은
저,
보살 꽃.

담담

연둣빛 이파리를 복리 이자처럼 불린 적 있습니다.
바닥이 드러나야 숨통이 트이는 현실에 뿌리내리고

물이 목까지 차오른 나를 그가 내뱉었죠. 고독이
들이닥쳤습니다. 돌려 막을 길 없는
고독의 패거리는 불안 불면 의구심

기억의 맑은 페이지마다 압류 딱지 나부낍니다.

나는, 하루하루 카메라 속처럼 어둡고 숨 막히는데
사람들은 빛을 고르며 숨을 멈춥니다.

물속에서 말라 죽어가는 나는
또 하나의 피사체입니다.

파국이 목전에 당도했는데
후회는 언제나 너무 늦게 찾아옵니다.

바람의 집

심지 없는 양초에 불 붙입니다.

없는 불꽃이 일어
연꽃으로 타올라

바람도 없는데 흔들립니다.

두 손으로 감싼 인연이
흰 그늘에 닿아

없는 뿌리를 내려

물잠자리 꼬리 끝 방향을 잡아주는 거기

돌아가고 싶은

울음의 집.

폭설

계약 기간 끝나가는 12월, 나는
아이들에게 알퐁스 도데의 『염소』를 읽어주고 있었다.

말뚝에 갇힌 슬픈 눈의 염소
미지의 숲으로 달아나는 염소
연한 풀 오물거리다 늑대를 만나는 염소

돌아오라는 염소 주인의 나팔 소리가 숲을 흔들고 있었다.

눈빛 초롱초롱
아이들
보이지 않는 목줄을 만지며 숨죽이고 있었다.

꿈처럼 하얀 염소, 늑대를 견디다 견디다 핏물 젖을 때
아이들 심장 휘둥그레질 때
누군가 외치는 손나팔, 눈 온다아아―

염소 울음소리 흘리며 아이들 창밖으로 달려가
나의 쓸쓸함도 창밖으로 달려가

눈 온다아아아, 와아아아아

의자 책가방 염소 그림책 알퐁스 도데도 창밖으로 달려가
눈발로 흩날리고 있었다.

메꽃 레퀴엠

꽃 피기 직전의 봉오리와
생을 다해 저무는 모습이 똑같은
분홍을 만나다. 바닥에 떨어진

산책길에 마주친 적 있는 여자
임대아파트 난간에서
벽오동 가지를 부수고
승용차 지붕 공처럼 튀어오르다
떨어져 내리다.

백발 노모가 세상을 쥐어뜯지만
쥐어뜯기는 건 한 줌 허공뿐

임대한 생을 파기한
저간의 내력 경찰수첩에 몇 줄로 요약되다.

아파트 창문마다 놀란 얼굴들 떠오르다
이내 져버리다.

옷가게 점원으로 노래방 도우미로

시난고난 감아오르던 허리를
나락으로 밀어낸 이 누굴까.

산책길에 데려온 소문이 귓속에서 말라가다.
시든 꽃잎 속에서 개미 한 마리 기어 나오다.

그림자극

거리 두는 법을 익히기도 전
마음은 벌써 역전의 인파이터.

엘리베이터 오르내리며
이 닦다 말고 화장실에서
가상의 적을 향해 원투 원투 잽을 날린다.

그러나 링 위에만 서면
마음이 엉키고 고개는 떨어지고
카운터 한방에 나자빠진다.

거리 두는 법을 알았더라면
그토록 집요하게 파고들지만 않았더라면……

일 라운드를 끝내고 짧은 휴식
기습 펀치가 급소를 파고든다.

당신이라는 스파링 파트너 앞에서
어깨에 힘을 빼고 뒤로 빠지는데

또 하나의 강력한 훅이 날아든다.

나는 다시 클린치,
클린치.

방치

내가 노리는 건 방치라는 물고기.

주둥이가 쏘가리를 닮았다는 녀석의 전모를 알아내고야
말리라, 찌를 노려본다.

누치 꺽지 곤지리 버들치에 피라미 잔챙이들만 건져 올리
다가, 헛낚시에 마음만 채이다가 비스듬히 사그라드는 밤

어라! 녀석의 톱니가 내 목덜미를 낚아챘나?
턱이 뻐근하고 눈앞이 가물거린다.

세상을 다 뒤져서라도 잡고 말리라던 고집을 슬그머니 내
려놓는다. 순간
표준국어대사전 검색창에서 살랑대는 꼬리

홍송어라는 이름의 방치, 비린내가 진동한다.

내가 노리는 건 눈부신 대물을 건져올리는 것,
그리고 나를 놓아버리는 것,

나는 램프를 끄고 밤을 켠다. 그물코 사이사이 어른거리
는 치어들.

파란만장

말기 암 여자가 절체절명 하이쿠를 썼다.

    살고 싶어요!
    방법이 없을까요?

부장품이 될 문장부호로 완성도를 높였다.

    어린 자식의 눈물(!)
    소식을 모르는 남편(?)

흔들리는 의사의 눈빛이 여백을 채웠다.

공원묘지 A 블록

    여자의 파란만장을
    잔디가 쓰고
    바람이 읽는다.

제3부

접도蝶道

막 우화한 물결나비 우편함 속으로 날아와
숨을 할딱인다.
파문을 일으키며 날아든 시집
날개를 펼치면 내 이름이 박혀 있지.

나는 겹눈을 굴려 나비의 내상內傷을 읽는다.
눈부신 상처에서 꽃 냄새를 맡는다.

상처의 모서리를 접고 또 접는다.
날개에 베여 피를 흘린다.

나는 우화를 꿈꾸는 유충.
등이 가려운 건 나비를 만난 효과.

나는 마른 풀잎 뒤에 숨어 지내지.
탈각이 두려운 거지.

들킬까 봐.
읽힐까 봐.
지칠까 봐.

나무를 삼킨 용암[*]

솟구치는 용암의 아가리 올벚나무 삼킬 때
불뱀처럼 꿈틀거려 나무의 목덜미 휘감을 때
천형으로 타버린 숯가슴
나무를 삼킨 용암을 만났다.

당신이 불기둥이라면
내가, 타버리고 남은 숯검댕이라면

활활 무너지는 불길 속에서 저렇듯
숨줄 놓아도 좋겠다.

일그러진 먹돌멩이 속 연필심으로 박혀
천만 년 어두워도 좋겠다.

숯이 된 올벚나무 휘감고
능소화로 피어 서러워도 되겠다.

[*] 경기도 연천군 전곡리 선사시대 유적지에 전시 중인 유물.

너마저

할인매장에서 데려온 소가죽 구두
비육의 시간 다 갈아엎고
살과 피 다 내어주고
신발이 되어서도
되새김질 근성을 버리지 못하네.

쇠메로 두들기고 무두질해보아도
신문지 밥 양껏 먹여주고
등을 쓸어주고 살살 달래보아도
좀처럼 꺾지 않는 습성이라니.

미안하다고
매번 고개를 주억거리지만
돌아서면 또다시
물집을 내고야 말다니.

그러니 이제는 안녕
'아름다운 가게'로 너를 보낸다.

사라져가는 것들의 온기

그 여자의 집을 엿보는 버릇이 있다.

해물지짐이 건너오고
아이들 뛰노는 소리 노릇노릇 만개하던 집

언제부턴가 문 두드려도 아무 반응이 없어
현관문 밖 도시가스 검침 표를 몰래 읽는다.

가스 사용량으로 그 집 체온을 가늠해보는 것인데
달마다 곤두박질치던 가스 사용량이
검침 표 칸칸이 살얼음으로 맺혔다.

가스의 무게가 가벼워질수록
삶은 점점 흐릿해진 것일까.

침묵으로 일관하던 현관문이 마침내 입을 연다.
갓 제대한 아들이라며 여자의 병상일지를 전한다.

암 병동에서 급작스레 어두워지다
가스 사용량이 바닥을 칠 때

여자도 함께 나락으로 떨어졌다고.

나는 지금도 습관적으로 그 집 검침 표를 엿본다.

이끼사이클

형광 불빛과 부영양화로 이끼는 어항을 점령하지. 내버려두면 먹이가 바닥나 이끼는 서서히 사라지지.

사춘기 딸애의 방이 어항이었지. 낮밤 없이 환한 불빛 널브러진 머리칼 과자 부스러기.

나는 청소물고기, 구석구석 탐색을 하지. 책꽂이 꼭대기 먼지를 닦으려는데 손끝 만져지는 종잇장들. 종잇장마다 험한 낙서들. 엄마 아빠를 향한 딸애의 분노였지. 얼굴이 뜨거워지고 가슴이 벌렁거렸지. 혼쭐을 내줘야지, 벼르다가 모른 척 그대로 두었지. 이렇게라도 견디는구나 싶었지.

나날이 쌓여가던 불만의 잔해들, 마구 토해내던 반항의 언어들, 어느 날 깨끗이 사라졌지. 성장통을 건넌 아이의 어항이 저절로 맑고 투명해졌지.

이끼사이클을 통과한 아이가
눈부신 비늘을 둘렀지.

다 큰 딸애는 기억이나 할까?

자신이 엄마를 키운 이야기.

통하다

뺨따귀를 때려도
찬물을 끼얹어도 꿈쩍도 하지 않는다.

인지 기능이 제로가 된 그
의식을 잃고 널브러졌다.

왕진을 마친 전문의가 일갈한다.
치료비가 너무 많이 든다고
이제 그만 포기하라고.

음지의 시간 함께 견뎌온
오래된 인연을 쉽게 놓을 수가 없어

검진을 받아보고
좀 더 지켜본 것인데

젖은 시간 너무 길어 지루했었나
내 의중을 떠보고 싶었나

다음 날부터 쐭, 쐭, 힘차게 돌아간다.

아직 한창 일할 나이라는 듯
자신의 존재감을 확인했다는 듯.

알츠하이머 검사

아 글쎄 팔오금에서 두 병 세 병 피를 뽑더니, 집 주소 주민번호 자식 이름 손주 이름 다 대보라 그러네. 이쁜 막내만 헷갈리고 다 댔지. 나는 무신 일을 하든 흐리멍덩하다 했는데도 진달래꽃 개나리 도마 냄비 부르는 대로 죄다 외우라네. 아휴, 아리숭해 대다 말았지.

이번엔 뭘 또 잔뜩 그려보라네. 화징머리가 나, 아무렇게나 그리다 말다, 나는 연필 한번 안 잡아봤다구, 밥 하구 빨래 하구 호미 갈퀴 넉가래나 잡구 소처럼 일만 해, 당최 머리 쓰는 건 모른다 했더니, 그 의사 냥반 넉가래가 뭐예요, 그러네. 아니, 대학병원 의사 냥반이 넉가래를 몰라아. 그래 내가 가르쳐줬지.

낮중엔 혼자 있는 게 좋냐, 여럿 있는 게 좋냐. 아 여럿 있는 게 좋지 혼자 있는 게 뭐가 좋아요, 그랬지. 나 원 벨르무 걸 다 물어보네. 이번엔 또 살면서 젤 나쁜 게 뭐냐. 아 그거야 우리 영감 소리 질르는 게 젤 싫다 그랬더니, 그러신 냥반은 고칠 수가 없다네. 그럼 썩어 문드러진 이 가심이나 고치믄 좋겠네요 했더니, 저는 치매검사만 합니다아, 결과가 아주 좋습니다, 그러네.

좋은 게 좋은 것이 아니었지, 옘비럴 괜히 돈만 버리고 두

68

끼나 굵고 아까운 피만 버렸지 뭐냐!

수묵담채

봄비 내린 숲길
나무껍질 틈새마다 초록 잎 치어 떼
이슬을 털며 파닥이는데

굴참나무 한 그루 허허로운 적막입니다.

철 지난 잎사귀가
떠나야 할 때를 알지 못해
허공에 기대어 악착스레 매달립니다.

나무는 나무대로
갈잎은 갈잎대로 무람히 흔들립니다.

오래된 인연을 내려놓는 일이
이토록 힘겨운 일이라는 거
두려움이라는 거 이제야 알아챕니다.

내 안의 마른 잎사귀 윤곽이 살아납니다.
봄비가 농묵을 칩니다.

웃음 세리머니

매실청을 담그며 골라놓은 상처들
유리그릇에 담아 책상 위 올려놓는다.

멍들고 깨진 모습에 자꾸 눈길이 간다.
사흘쯤 눈 맞추다보니 하나같이 실실 웃는다.

썩어가면서도 웃음 깊은 향기 풀어놓는 저들
A4용지에 앉혀놓고 마지막 사진을 찍어주는데

장례식 날에도 노래하며 춤춘다는
아프리카 바벰바족처럼 얼굴 전체로 웃는다.

사소한 일에도 입꼬리 늘어지는 나
슬그머니 미소 머금어본다.
그런 나를 보고
더 크게 웃어주는 뭉개진 이목구비들

다음 생으로 절반은 건너간
향기로운 죽음의 웃음 세리머니.

간극
—박학규 소목장의 은행나무 병풍에 부쳐

돋을새김한 추사체 경전
울울창창 사무칩니다.

세상을 정면으로 대면하는 법
죽어서 천년을 전진하는 법
나뭇결 행간에 오래 머물러

스스로 벽이 되고
배경이 되어주는
장방향의 결가부좌여

떨어져 있어야 포개질 수 있는
뼈와 살의 간극 바람으로 에돌아

깊고 서늘한 결구에 이르면
억겁을 건너온

연꽃무늬 붉은 낙관

당신입니다.

뱀

눈귀 없는 머리가 셋. 쓸모없는 황금 비늘이 백. 정선 화암동굴 속 흐물흐물하구나. 어둠의 폐금광 부숴버리렴. 갑옷을 벗어던지렴. 두려운가, 네 심장이 뛰고 있는데. 네 야성이 꿈틀거리는데. 안분지족을 발파시켜라. 똬리 풀고 갱도를 기어라. 허물이 벗겨질 것이다. 맹금류들이 날아들 것이다. 머리를 쪼면 머리를, 심장을 파면 심장을 내주라. 승천할 것이다. 구름을 다스리는 자, 비를 다스리는 자 우르릉우르릉 별을 낳을 것이다, 너는.

왔다 갔다

왔다,

버스 타고 이렇게 오면 되는 지근거리가 왜 그리 검고 아
득했나.

풍악 단풍이 뼛속까지 환해 혼이 물드는

오가던 길 다시 막혀 막히고도 천 일이 가고 한 해 또 한
해가 나자빠지네.

보이지 않는 풍악 단풍을 철원 평화 전망대에서

본다,

손차양 너머 비무장지대 건너

태울 것도 없을 헐벗은 산에 하필 큰불이 났나?

검은 연기가 가을 햇살을 그을리고 있다.

봄밤의 하모니마트

열무를 비닐랩으로 감싸놓으면 누가 사가요 누가
어떻게든 팔아야지 젠장 진열이 목적 아니잖여
같은 구간을 반복 재생하는 사장

좌불안석 늙은 신입사원 허 씨
냉장고 속으로 반쯤 들어간 허리를 펴야 할지 말지

허 씨와 갑장甲長인 사장
담배 진열장 흘끔거리며 끊었던 담배를 태울지 말지

얼결에 열무다발을 부둥켜안은 허 씨
주름방지용 열무 미용팩을 풀어줄지 말지

마트 한쪽을 빙빙 도는 나
열무를 팔아줄지 말지

가게 안을 지켜보던 봄밤
목련나무에 걸어둔 흰 수건을 던질지 말지.

허공의 씨눈처럼

다비 단 허공 불 들어간다고
어서 나오시라고

겨울 다 지나 동백꽃 모가지 뚝, 뚝 져도
묵언 정진하시더니

봄 사월 눈발로 흩날리는군요.
눈발이 벚꽃인지 꽃잎이 눈발인지
한순간 어우러져 열락을 이루는

생사일여生死一如의 다비 춤
허공의 씨눈처럼 흩어지는
저 소란스러운 고요.

깜빡 헛꿈이라도 꾼 듯
순식간에 가버리는군요.

나비 떼 날갯짓인 듯
오신 듯 만 듯 자취도 없이,

제4부

슬픈

비쩍 마른 개 한 마리
대추나무에 매달려 몸부림쳤다.

그럴수록 조여드는 목숨,
지옥까지 타들어가는 비명,

찰나, 풀어진 목줄

비쩍 마른 그 개
안개 숲 속으로 달아난다.

혼미한 길

살기 위해 다시 돌아온 집
몸에 밴 버릇으로 빈 그릇 핥는다.

가마솥 물 끓는 소리 하늘에 차오르는데.

로드킬

　수만 마리 두꺼비 행렬이 고속도로를 건너는 밤이다.

　무의식 속 회로도 따라 제 핏줄 찾아가는 울음주머니들,
레미콘 트럭이 무참히 짓밟는 밤이다.

　지나가지 못하는 피울음들에게 캡사이신 물포를 분사하
는 밤이다.

　물대포를 맞은 어미들이 플라스틱 생수통 콸,콸,콸 쏟아
부어 빨간 눈알을 씻어내는 밤이다.

　빨간 눈알들이 흰 차벽을 뚫는 밤이다.

　차벽 너머엔 더 높은 철벽이 첩첩

　인면수심의 봄을 바다에 밀어넣는 밤이다.

　짓밟힌 울음주머니들 콘크리트 바닥을 오체투지 진군하
는 밤이다.

경칩

근린공원 시멘트 의자 밑

빈 막걸리 병

필터까지 태운 담배꽁초들

철 지난 신문지들

풀어헤친 라면 박스

누군가 개구리 잠을 청한 자취

눈 뜬 발자국 위로

첫 봄눈 흩날린다.

연

껍데기를 불쏘시개 삼아
우듬지에 불을 붙여

통증마저 연소시키는
너를 만나기 위해

너와 헤어지기 위해
소리를 버리고 그림자를 취하는

절벽의 대나무 텅 빈 그늘로
무더기무더기 붉은꽃 토하리.

수억 갈래로 곱게 찢기리.

연살이 되리.

연鳶,

새하얀 종이물고기 파란 하늘 날아가리.

너 없는 세상으로
멀리 멀리.

압록강, 창덕하구에서

창덕하구 중국 호텔 뒷마당엔
고기 굽는 냄새, 남녘 장단에 흥청 흐르는데

압록강 건너 세상에서 가장 후미진 마을

산 그림자도 허기져 쓰러지는 빈집
제 살 찢으며 악다구니로 짖는 개
국경을 헤엄쳐간 식구들 뒷소식 묻고 또 묻는데

바위 절벽마다 수령님 만세, 핏빛 구호를 아로새겼네.

헐벗은 산길엔 우마차의 워낭 소리
국경수비대 눈망울 지나
끊어진 철교 가슴팍 건너
내 마음 북쪽 뒤적이는데

말 걸 수 있는 지척의 경계에서
소녀 수비대 한 컷 금지된 셔터를 누르는 순간
초고속 돌팔매 답신이 무섭게 날아드네.

카메라 셔터와 돌팔매의 슬픈 교신 사이
강물은 쌀알처럼 흥청 흐르는데,

오크나무 숲을 생각하네

식탁을 옮긴다. 식탁이 기대 있던
흰 벽지에 검은 얼룩이 드러난다.

식탁 테두리에도 벽지 자국이 새겨졌다.

서로 기댄 줄도 모르고 잇대어 있던 흔적
아무리 문질러도 지워지지 않는다.

식탁을 옮기다 말고
먼 생각의 항로에서 표류한다.
기상은 늘 악화 일로
불안이 밑반찬으로 상주하던 오크나무 식탁.

새들의 푸른 식탁이었을 오크나무 숲
숲이 사라져버린 텅 빈 하늘

그 허공에도 새들의 눈물 자욱할 것이다.

다 자란 아이들 미지의 숲으로 날아간 뒤에야
서로 기대 있던 자국을 알아챈다.

오크나무 베어진 상처인 듯 가슴에 마른 수액이 고인다.

흑야

밤의 제단에
올리네.

얼어붙은 도시,
클로로포름에 취해
흐려지는
죄,
흰 가운들
금속성 웃음소리,
수술도구 부딪는 소리,

흔들리네.
얼음 촛대 위
눈꽃 조화들,

없네. 꼬물거리는
손가락, 없는
입술, 없는
발가락,

탁구공만 한 분홍
숨결,
흘러
내리는

그 기억의 감옥,
폭설의 시간을
또,
올리네.

부란을 만나다

꽃샘 한창인 노천카페입니다.
오늘의 주제는 토란 꽃피우기.

토란잎에 얹힌 이슬방울 눈으로, 생각을 궁굴립니다.

토란과 계란의 유사성을 비껴갈 수 없습니다.
줄탁동시啐啄同時*는 식상한 성어成語

부란孵卵이라는 낯선 명사를 만났습니다.
알에서 깨어나 알을 깜,
이라는 부란의 뜻풀이가 밍밍하지만
피가 돌고 심장이 뛰고

병아리 부리 같은 촉을 세웁니다.
웃자란 봄은 허리가 휘고
시들어가는 잎사귀엔 혈관이 불거지고

향기를 채집하는 그물맥이 자신감을 잃어도
기별이 없는 꽃, 견딥니다.

꽃을 잠가놓은 알, 부풀어터질 때까지.

● 줄啐은 달걀이 부화하려 할 때 알 속 병아리가 껍데기를 쪼는 소리,
탁啄은 어미닭이 그 소리를 듣고 동시에 껍데기를 쪼아 깨뜨려주는
소리. 줄과 탁이 동시에 일어나야 병아리가 세상을 볼 수 있다는 뜻
으로, 때를 기다리지 못한 어미닭이 껍데기를 미리 깨트려주면 병
아리가 죽는다고 함.

야행성

적막의 추 흔들던 뻐꾸기시계 숨 멎었다. 자정에 포개진
두 바늘 미동도 하지 않는다. 심장이 다 닳은 게 분명한데
손톱 깎는 소리를 낸다.

시침을 거꾸로 돌려 시간의 강 거슬러오른다. 밤이면 강
둑 쏘다니다 산발로 돌아오던 미망의 고모를 만난다. 사람
들이 수군거려도 당신 무릎 위 내 손톱을 깎아주고 머리도
빗겨주던.

손톱은 무덤 속에서 자라기도 한다지. 야행성인 고모가
여직 어둠 속 헤매다 뻐꾸기 날개로 날아와 손톱을 깎고 있
는지

혼魄이 예민하게 살아나는 밤, 딸깍딸깍 불면의 모서리
잘려나간다.

회복기

그믐달이 열흘 이상 지속되었다.

사막보다 더 건조한 날씨가 이어지고

벚나무들이 꽃몸살을 앓았다. 입술이 갈라지고 독백이

하얗게 날리고.

당신을 잃어버린 봄을 다시 잃는다.

내가 기침을 하면 당신도 마른기침을 하던

우리가 처음 태어난 집.

날리는 꽃잎 한 장에도 지구가

기우뚱할 거라고 믿었던

그 집으로 돌아가는 꿈을 자주 꾼다.

그 봄을 아직도 붙잡고 있다니,

당신의 위로와 침묵이 쌓이는

병실에서

가슴이 다 파 먹힌 그믐달 끊어지는데,

난치성 사랑, 혈흔을 닦으며 연명해야 할 텐데.

종이신발

삼베옷 입고 물웅덩이 동당거리는 소금쟁이
　할아버지 발자국 소리에 종종걸음 치거나 뒤란에서 떨고
있는 할머니 같네.

　미군부대로 수산시장으로 떠다니며
　끼니를 건져올린 할머니
　귀신의 신발을 신었는지
　유리배라도 있는지
　귓속 봄 햇살 같고 잔잔한 수면 같았는데

　무덤 속 할아버지 안부가 궁금했는지
　쪽잠 밖으로 가지런히 신발 벗어놓으셨네.

　이제야 허리 펴고 단꿈 꾸시나
　분홍 종이신
　가만가만 신겨드리는데

　수의 아래 작고 하얀 할머니의 발
　눈부신 듯 웃으시네.

먼 길 떠나본 적 없는 할머니

습신 한 켤레로 난바다 건너가시네.

내일은 타자

무릎으로 홈을 지킨다.

아차, 하는 사이 너는 달아나고
닿을 듯 잡힐 듯 빠져나가고

네가 블라인드 사이드●로 사라졌다 돌진해올 땐
마스크, 프로텍터, 레그가드로 무장하지만
매번 나는 무너진다.

나는 점점 지쳐간다.
갈수록 현란해지는 너의 눈속임

이제는 끝장내야겠다.

내일은 내가 타자가 되어
너를 쳐낼 것이다.
담장 밖으로 날려버릴 것이다.

어쩔 셈인가.

● 잘 보이지 않는 곳.

버드 주전자

이렇게 고전적인 방법으로 다른 별과 교신하다니.

내부가 끓어오를 때마다 입 꽉 틀어막고 얼굴이 빨개지도록 삐이이--, 신호음 보내는 이 짐승.

공부 없는 혹성으로 달아나고 싶다는, 그 아이 붙잡고 억지 공부시키고 온 저녁, 찻물 올려놓고 깜빡 잠들었다, 앗! 글자가 되지 못한 자음 모음 폭발했다. 황급히 밸브 잠그고 창문 열어젖히니 들끓던 이미지들 단박에 흩어진다.

떠오를 기세로 수증기 내뿜으며 기도하던 나의 이번 비행도 불시착할 것을 예감한다.

항로를 쉽게 바꾸지 않는 것이 이곳의 오래된 궤도, 하지만 나는 지금 또 다른 이력서를 쓴다.

좀 더 원시적인 방법으로 다른 별과 교신 중
삐이 삐, 삐이이--,

파문

상형문자 하나가 날아들었다.

!

문자메시지 주고받을 줄 모르는 아버지가 어떻게 전송한 것일까.

'주간보호센터'가 무슨 공연장인지, 마른 논바닥인지 당최 모르겠다고

소도둑 같은 녀석이 메나리* 가락을 뺏으려 한다고, 크게 불러라, 느리게 불러라, 1절만 불러라 일일이 간섭한다고 그 녀석 좀 내쫓아달라고

진종일 2G폰에 매달려 생중계하는 아버지

'고향다방'으로 돈 좀 가져오라며 부지불식간에 내뱉은 치부를 주섬주섬 쓸어담다 흘린 듯한, 저 암호!

헝클어진 기억의 퍼즐 꿰맞추는 시간에 농사 걱정이 들어

왈칵, 엎지른 감정일지도 모르지.

나에게 은밀히 찔러준

저 불씨!

세상사, 감탄부호 하나면 그만이라고.

• 메나리 노래: 포천 지역의 논매기 노래. 2000년도에 경기도 무형문
  화재로 선정되었다. 아버지는 몇 해 전까지 메나리 회원으로 활동,
  국립극장에서 공연을 한 적이 있다.

미래에서 날아온 돌

몇억 광년을 거쳐야 저토록 입체적으로 빛날 수 있을까.

솟구쳐 오르던 물고기 돌 속에 흑갈색으로 굳어 있다. 일순간이 영원으로 흐른다.

오돌토돌 척추뼈의 흔적 점자로 찍혀 있다. 꼬리지느러미에서 머리끝까지 회의주의자는 아니었으리.

떠오르고 싶은 심해어였거나 파도를 들이받던 어족이었는지도 모르지.

평면적인 하루가 서서히 굳어가는 밤

나는, 어느 돌 속에서 굳어진 화석 물고기였을까.

꿈틀, 꼬리 흔들린다. 눈물 없는 눈으로 아가미 한껏 움츠리고.

사랑과 기원과 타자를 상상하는 심미적 서정

─이선균의 시세계

유성호(문학평론가, 한양대 국문과 교수)

1.

이선균의 첫 시집 『언뜻,』(천년의시작, 2016)은, 참으로 오랫동안 안으로 다듬고 삭여온 언어와 시간이 하염없는 파문으로 전해져오는 사유와 감각의 심미적 결실이다. 가령 시인은 "모든 흐름은/ 인력(引力)이 작용한다고 믿습니다./ 그들과의 끌림, 울림, 흔들림……/ 얇고 가볍고 아득합니다.// 그러나 간절하고 끊임없습니다."(「시인의 말」)라고 말했는데, 시인이 말하는 그 간절하고도 끊임없는 흐름이란, 그 계열어로서 '끌림/울림/흔들림'을 환하게 거느리면서 그것들이 파생하는 아름다운 인력을 선연하게 품고 있다. 그 점에서 우리는, 이선균 시학이 일차적으로 지향하는 것이 내면적 '떨림'에 있고, 어떤 '울림'과 '흔들림'이 거기에 수반되면서 시의 흐름을 견고하게 형성하고 있음에 주목하게 된다.

물론 이러한 규정이 이선균 시편을 자기 중심의 시학으로 강변하려는 것이 아님은 말할 것도 없다. 아니 이선균은, 내면의 필연적 파동에 따라 시를 쓰되, 시가 결국 사람 사이의 고유한 관계의 반영이요, 사물과 내면이 이루어가는 접면(interface)의 고유 속성을 담아가는 언어예술임을 힘껏 증언해가는 시인이다. 그러니까 시인은 자기에 충실하면서도 아득하게 타자를 향해 번져가는 시선을 가지고 있는 셈이다. 그리고 그 번짐의 일차적 과녁은 '사랑'의 대상을 향하고 있다. 다음 시편을 먼저 읽어보자.

　　　교실 창가 어항에 떠 있는 생이가래.
　　　이 물풀의 어원을 알아내지 못했다.

　　　해임 사유 우거진 채용 계약서를
　　　해마다 갈아엎는 나는
　　　일년초 생이가래.
　　　가라면 가야 하는 나
　　　생이, 가래,
　　　라는 철학적 해석에 무릎 꿇는다.

　　　언제 해임될지 모르는
　　　이 거대한 어항에서 근근이 부유하는
　　　나 또한 생이가래.
　　　생이, 갈애,

라는 가슴 아픈 해석에

그만, 엎질러진다.

물풀도 목이 말라 파랗게 봄을 탄다.

—「생이가래」 전문

'생이가래'는 무논이나 연못에 떠서 자라는 한해살이풀을 말한다. 줄기가 가늘고 길며 잔털이 나 있고 잎은 두 개가 물 위에 뜨고 한 개는 물 속에서 뿌리 구실을 한다고 한다. 이선균은 이러한 사전적이고 물질적인 규정을 넘어 '생이가래'라는 이름이 주는 기표적 감각에 더욱 집중하고 있다. 어떻게 읽으면 이 풀은 '生이' 가래라고 하는 듯한 어감을 주기도 하고, 어떻게 읽으면 '生이 갈애渴愛'와도 같은 어감을 파생하기도 한다. 그런가 하면 '가래'는 삽의 일종으로서 흙을 파 갈아엎거나 퍼내는 데 쓰는 기구이기도 하다. 시인은 이 세 음감音感을 모두 합하여 "교실 창가 어항에 떠 있는 생이가래"를 탐구하고 있다.

시인은 해마다 "해임 사유 우거진 채용 계약서"를 만지작거려야 하는 처지를 "일년초 생이가래"라고 생각하고, 그 단어가 암시해주는 "가라면 가야 하는 나/ 생이, 가래,/ 라는 철학적 해석"을 실존적으로 받아들인다. '해임/채용'이라는 순환과 반복 과정을 견디면서도 "거대한 어항에서 근근이 부유하는" 자신을 "생이가래"와 동일시하면서, 또 "생이, 갈애,/ 라는 가슴 아픈 해석"을 자신의 운명으로 받아들이면서 말이다. 그러니 목이 말라[渴] 봄을 타는 물풀은, 삶이 던져주는 '가래/갈애'의 해석에 자신을 언뜻, 맡기게 된다. 삶의 신산한 유동성과 사랑의 불가피성을 강한 인력으로 함께 던져주는 아름다운 시편이 아닐 수 없다.

천변에 앉아 초록을 캐요. 쑥향을 뜯어요.

쑥향,

원시의 동굴에서 몸 바꿔 입은 여자의 냄새

그대와 내가 서로의 몸속에 심어놓은 냄새

마늘과 어우러져 깊이 배어 있는 사랑의 독소

언뜻, 보았지요.

몇 생애 전의 물가에서 아기 안은 여자와 불 피우는 남자,

돌아갈 수 없는

그 동굴을 떠나지 못하는 이유

당신을 놓지 못하는 이유

—「언뜻,」 전문

이 표제 시편의 제목은, '언뜻'이라는 잠깐 나타나거나 문득 생각나는 모양과, ','라는 잠시 머뭇거리거나 쉬는 모양을 동시에 환기하면서 시인이 가지는 자의식의 인력을 다시 한 번 조용히 비추어준다. 천변에 앉아 시인이 캐고 뜯는 초록의 '쑥향'은 "원시의 동굴에서 몸 바꿔 입은 여자의 냄새"이다. 여기서 우리는 자연스럽게 오래된 신화神話 하나와 만나는데, 아닌 게 아니라 시인은 쑥향이 "그대와 내가 서로의 몸속에 심어놓은 냄새"이며 궁극에는 "마늘과 어우러져 깊이 배어 있는 사랑의 독소"가 아닌가 하고 묻고 있지 않는가. 이렇게 마늘과 쑥으로 한 계보가 시작된 신화적 해석이 시인의 상상을 도와간다.

그때 시인은 그야말로 "언뜻," 몇 생애 전 물가에서 아기를 안은 여자와 불을 피우는 남자를 상상적으로 바라보게 된다. 아마도 시인은 그곳으로 돌아갈 수 없을 것이다. 그렇게 "돌아갈 수 없는" 이유를 "당신을 놓지 못하는 이유"라고 말하면서 시인은, 시원始原의 인력으로 노래하는 사랑의 깊이와 무게를 한껏 보여준다. 비록 "오래된 인연을 내려놓는 일이/ 이토록 힘겨운 일이라는 거/ 두려움이라는 거 이제야 알아"(「수묵담채」)지만, 그것은 "서로 기댄 줄도 모르고 잇대어 있던 흔적/ 아무리 문질러도 지워지지 않는"(「오크나무 숲을 생각하네」) 순간을 명료하고도 풍요롭게 알려주는 순간이 또한 아닐 수 없다. 요컨대 이선균 음역音域의 일차적 지향은 '사랑'의 순간성과 불가피성에 바쳐지고 있고, 시인은 오랜 인력을 통해 아름다운 '사랑'의 마음을 한편 처연하게 한편 깊디깊게 노래하고 있는 것이다.

그것이 현실적 대상이든 초월적 대상이든, 이선균 시에는 이처럼 자신이 흠모하는 대상에 대한 강렬한 사랑의 힘이 담겨 있다. 그러나 그것은 순수한 정신적 친화 과정에서 발원하는 것이 아니라, 강렬한 삶의 원리로까지 부상하는 어떤 것으로 나타나게 된다. 원래 '사랑'이란 유아론唯我論적 성격을 핵심 속성으로 하는 측면이 있고, 존재 관념보다는 소유 관념에 집착하는 지향을 가지고 있기도 하다. 그러나 이러한 사랑의 힘을 이선균은 성숙한 차원으로 바꾸어가며 특유의 타자 지향성으로 만들어간다. 그렇게 "둘이 하나가 되면서도 여전히 둘인 상태로 남아 있는 것"(E. 프롬)이라는 역설을 성립시켜가는 이선균의 시편은, 생명체로서의 존재 증명에 사랑보다 더 생성적인 것은 없다는 사실을 다시 한 번 실증해준다. 다음에 펼쳐진 시편들도 그러한 판단에 더욱 구체성을 부여해준다.

2.

사랑에 관한 한, 그 대상은 무심한 사물이 아니라 주체와 마찬가지의 욕망을 가진 존재라고 할 수 있다. 따라서 우리가 이야기하는 '사랑'은, 자기로 회귀하는 자기애自己愛 같은

106

것이 아니라 상호 소통의 성격을 띠는 관계 양상을 말하게 된다. 일방향적 짝사랑이나 외사랑 같은 것이 없지 않겠지만, 궁극적으로 그것은 쌍방향적인 것일 테니까 말이다. 그러나 이처럼 온전한 의미의 상호 소통으로서의 사랑은, 적어도 서정시 안에서는 거의 불가능한 것이다. 오히려 서정시는 이루어지지 않은 사랑을 다루는 경우가 많고, 외롭고도 절실한 목소리의 형태로 그 대상代償의 에너지가 분출하는 것이 서정시 영역에서는 절대적이다. 따라서 그 주요한 모티프가 사랑의 결여 상황에서 발생하는 것이 사랑 시편의 특성이 아닐 수 없을 것이다. 이선균의 사랑 시학도 그와 동궤에서 펼쳐진다.

부풀었다 잦아들기 거듭하는

저 소양호

흐르고 싶은 데로 떠나지 못해

수심 너울거릴 때

진달래 터트리고 온 바람

발목 스칠 때

누호涙湖를 열어

등고선 다 보여주고 싶을 때

세상으로부터 스스로 고립되고 싶을 때

아니,

너에게 파랗게 수몰되고 싶을 때.

　　　　　　　　　　　　　—「누호」전문

　원래 '누호涙湖'는 각막이나 결막을 씻어 내린 눈물이 괴
는 곳을 말한다. 눈물은 여기서 누점涙點을 통하여 눈물길
로 흘러들어 간다고 한다. 이처럼 사랑의 은유적 분신으로
서의 '눈물'은, "부풀었다 잦아들기 거듭하는// 저 소양호"
처럼, 흐르고 싶은 데로 떠나지 못해 너울거리는 수심과도
같은 표정을 짓는다. 물론 여기서 수심이란 물의 '수심水深'
이자 화자의 '수심愁心'을 동시에 환기한다. 봄날 소양호는
그렇게 "누호涙湖를 열어// 등고선 다 보여주고 싶을 때"에
야 비로소 사랑이 찾아오는 공간으로 등극한다. 그리고 사
랑으로 인한 한없는 고독과 "너에게 파랗게 수몰되고 싶을"
사랑의 몰입을 한사코 불러오는 곳으로 몸을 바꾼다. 그런
가 하면 '누호'는 '물시계[漏壺]'를 말하기도 하는데, 시 안에
서는 '누호'가 시간을 측정하는 기구로서 은유적 작동을 할

수도 있을 것이다. 어쨌든 사랑의 "통증이 깊을수록 맑은 물 소리 흘러나오는,"(『몸속으로 강이 흘러요』) 곳에서, 시인은 '수심水深'으로의 '수몰水沒'을 욕망함으로써 사랑의 불가능성과 불가피성을 동시에 노래하고 있다.

사랑 이야기를 더 해보자. 우리가 한 대상을 사랑할 때, 그 존재를 강렬한 힘으로 발견하였을 때, 그는 비로소 이 세상에 '있게' 된다. 물론 이전에도 그가 있었겠지만, '나-너'의 관계에서 새롭게 구성되는 세계에 그는 없었던 것이나 다름없다. 그러다가 새삼스런 발견을 통해 그가 '있게' 되고 그는 비로소 우주에 가득 찬 존재로 다가오는 것이다. 이선균은 이러한 사랑의 방법론을 통해 자신의 시세계를 한껏 고양시켜간다.

은하계에 못 박힌 당신은 천 년 전에 사라진 별자리라
지요.

유성우를 뿌리며 당신이 내게 와 닿은 계절은 밤 깊은
강가였습니다.

밤하늘이 나를 들여다볼 때마다 내 손 흐려진 까닭은 없
는 당신을 오래 기다린 때문입니다.

이제 그만 서로 다른 강줄기로
바다로 허공으로 휘어들자던 붉은 음색도

천 년 전에 엎질러진 악보일까요.

삭월의 밤
수면 밖으로 날아가는 발자국은 방향 없이 아득해지는데

빛으로 맺은 천 년 약속은 점점 더 또렷하게 강심으로
흐릅니다.
— 「11월」 전문

이 아름다운 사랑 시편은 "은하계에 못 박힌 당신"을 호
명한다. 아마도 천 년 전쯤 사라진 별자리로서의 '당신'은 그
만큼 존재의 원천이요 가장 오랜 사랑의 시점始點이었을 것
이다. 그렇게 '당신'은 "배경만으로 존재의 이유"(「헛꽃」)가 되
었을 것이다. 바로 그 '당신'이 유성우를 뿌리며 다가온 것
은 밤 깊은 강가였고, '나'는 밤하늘이 들여다볼 때마다 손
이 흐려졌다. 오랜 기다림을 통과하여 "이제 그만 서로 다
른 강줄기로" 흩어진 '당신-나'는 아득한 시점에서의 악보
를 구성하는데, 그 악보에는 바다나 허공으로 휘어들던 붉
은 음색이 엎질러져 있다. 이후 "빛으로 맺은 천 년 약속"이
더욱 또렷하게 강심으로 흐른다는 이미지는, 마치 '생이가
래'처럼, '언뜻,' 비치는 '쑥향'처럼, '누호'처럼, 이선균 시를
물들여간다. '당신-나'는 "그리 검고 아득"(「왔다 갔다」)한 시
간을 건너온 것이다.

이선균 첫 시집이 우리에게 보여주는 진경進境 가운데 하

나는, 이처럼 시인의 시선이 사랑의 깊이로 전이되는 지점
을 선명하게 보여준다는 데 있다. 이때 깊이의 형식이란 대
상과의 친화를 추구하려는 욕망이 반영된 것으로서, 근원
적 삶의 형식을 들여다보려는 적극적인 방법이기도 하다.
또한 그것은 삶의 근원과 궁극에 대한 갈망이 담겨 있는 표
현으로 이어짐으로써, 그 자체로 존재의 심층을 환기하면
서 사랑의 마음이 가지는 원초적 비애를 보여주게 된다. 이
선균 시학이 '사랑'의 마음과 거의 등량等量을 가지는 것도,
그 안에 이러한 욕망과 비애를 균형 있게 담고 있기 때문
일 것이다.

3.

다음으로 우리는 이선균 시학이 비롯하는 서정의 저류底
流에 어떤 '감각'의 깊이가 선명하게 들어 있음을 발견할 수
있다. 대체로 서정시는 시인 개인의 상상력을 통해 일상에
존재하는 불모성을 치유하고 새로운 소통 가능성을 열어가
는 양식이다. 특별히 시인의 개성적이고 활달한 감각을 통
해 사물의 미세한 움직임까지 묘사하는 서정시의 방법은,
모든 존재자들이 가지는 생성의 활력뿐만 아니라 소멸의 움
직임에까지 시선을 두게 된다. 비유하자면 그것은 서정시
가 새벽녘을 담기도 하지만 해질녘 소멸의 아우라도 충실하
게 담아내는 것을 함축한다. 우리는 이선균 시편을 통해 세
상 표층이 보여주는 현란한 생성 지향의 운동과는 전혀 다

른 해거름의 느린 아름다움을 경험하게 된다. 그만큼 이선균은 경이로운 소멸의 움직임과 그 잔상殘像을 노래하는 시인이다. 물론 그러한 비상한 움직임에도 삶의 비애가 섞여 있고, 다시 그 비애는 시인의 양도할 수 없는 심미적 감각을 낳는 선순환을 낳게 된다. 이러한 과정적 연쇄가 이선균 시편으로 하여금 따뜻한 비애와 심미적 감각을 결속하게끔 하는 것이다.

창문을 열자
축축한 입자가
속눈썹 위에 얹힌다, 스친다.
안개로 날아든 당신

놀람은 떨림이 된다. 향내 풀어놓는다.

안개는 다시 바람으로 흐르다
곱씹을지도 모르지. 지난 감정에 대하여
나의 체온에 대하여

나 또한 말 없는, 손 없는, 끝없는 시간 천지사방 안개
로 흐를지 몰라

흐름과 흐름 속에서
속눈썹 위에 얹힐지도 몰라

당신 이마를 적셔줄지도.

우주가 우주를 낳는다는 거 믿기 어렵지만
어둠 속 횡단하는
별똥별 보게 될지도 모르지.

45억 년 만에
몸의 기억 되살아나
어스름 열어젖히며
다가오는
빛.

—「흐르는 숲」 전문

아침 숲에서는 모든 것이 흐른다. 창밖에는 축축한 입자
들이 하나둘씩 속눈썹 위에 얹히고 또 흐르는데, "안개로
날아든 당신"이 그 입자의 주인공이다. 어느새 '놀람'은 '떨
림'으로 이어지고, 향내 가득 풀어놓은 채 '안개'는 '바람'으
로, 다시 "지난 감정"이나 "나의 체온"에 대한 "말 없는, 손
없는, 끝없는 시간"으로 흘러간다. 이제 '당신'의 이마를 적
시며 바람처럼 안개처럼 흐르는 '빛'은, "45억 년 만"에 몸
의 기억을 되살리면서 어스름을 열어젖히며 다가온다. 이
때 '몸의 기억'이란, 시인의 직관이 알아차린 가장 근원적
인 존재의 열망과 그 흔적을 은유한 것일 터이다. 뇌가 반
응하기 전에 심장의 떨림으로 인지하는 것이 바로 '몸의 기

억'이 아닐 것인가. 그렇게 아침 숲에서는 '몸의 기억'에 실려 "일순간이 영원으로"(「미래에서 날아온 돌」) 흐른다고 시인은 노래한다. 잘 씌어진 서정시는 존재의 속성을 이성적으로만 파악하는 것이 아니라, 감각적 현존을 통해서도 가능하다는 점을 이 시편은 극명하게 보여준다.

　　완벽한 밀착이다. 하늘과 밀밭의 심장과 심장이 맞붙어 있다.

　　흔들림 너머 아득한 곳까지 직선이다.

　　까마득히 솟아오른 사이프러스가 허공을 단단히 조이고 있다.

　　소금 호수, 천년 후에도 마르지 않을 호수, 체리꽃 밀어 올리는 발화점이 희다.

　　지중해의 햇살 발화점에 닿아 달아오르고

　　체리꽃 비명이 터져 천지를 떠돌고

　　수억 세포들 하나하나가 완곡하게 물결치며 서서히 꿈틀, 꿈틀거린다.

　　　　　　　　　　　　　　　　　　　　　—「지평선」전문

'지평선'은 시인의 시선이 가닿은 가장 먼 사물의 흔적일 것이다. 거기서 시인은 "완벽한 밀착"을 느껴간다. "하늘과 밀밭의 심장과 심장"이 맞붙어 있는 '지평선'에는 '흔들림'을 넘어가는 아득한 직선이 '꿈틀거림'의 역동성으로 이어져간다. "까마득히 솟아오른 사이프러스"나 천년 후에도 마르지 않을 "소금 호수" 역시, 이러한 시원의 이미지를 강화하고 또 풍부하게 만들어간다. 그 호수가 바로 꽃의 '발화점(發花點/發火點)'이 되면서 햇살도 달아오르게 되고, 결국 꽃의 비명은 미학적인 꿈틀거림으로 이어져간다. '지평선'에 대한 사실적이고도 상징적인 감각이 한 폭의 역동적 삽화로 전개되는 시편이 아닐 수 없다. 여기서 이선균은 서서히 "고독한/ 이미지스트"(「멸치 덕장」)가 되어간다. 이처럼 풍부하고도 선명한 대상의 감각적 전유는, 이선균 시학의 활력을 증언하면서, 그가 앞으로 더욱 키워가야 할 미학적 의장意匠의 몫을 말해주기도 한다.

4.

이선균 시편의 시성詩性을 확연하게 보여주는 핵심 표지標識 가운데 하나는, '시간'에 대한 기억과 치유의 자의식에 있을 것이다. 이선균은 '시간'에 대한 남다른 기억을 매개로 하여 자신의 존재론적 심층에 접근해간다. 그 형식은 삶의 본질을 지나간 시간 속에 편제編制한다든가, 구체적 생활적 실감으로 비유해간다든가, 순환적 시간을 감싸면서 삶의 불가피한 조건으로 비유해간다든가 하는 과정을 필연적으로 거친다. 그 다양한 시간의 내질內質이 바로 이선균 시의 중요한 축을 이루는 것이다. 그 축을 구체적으로 보여주는 것이 바로 자기 기원(origin)을 향한 기억일 터인데, 이는 자신의 존재론적 기원을 상상하고 탐구하는 시인의 품을 선연하게 보여주는 확연한 방법론일 것이다.

문고리의 힘으로 엄마 혼자 동생 낳았지.

엄마의 신음에 마른 창호가 젖고
아기의 고고성呱呱聲 새벽달을 찢도록 아버지 오지 않았네.

추수 끝나기가 무섭게 아버지 해남으로 진도로 밥을 벌러 떠돌고
혼자 육 남매를 낳고도 손수 미역국 끓이던 엄마.

저 바다도 홀로 산고産苦 치르네.
안개 뒤집어쓰고 몸 뒤트는 소리
이슬 비친 수평선 눈시울 붉어오는 소리

희미한 문고리, 새벽달을 붙잡고
태양의 붉은 머리 밀어올릴 때

구름 뒤섞인 바다 핏물 들 때

그 많은 파도가 엄마를 덮쳐

뻐근하게 독백 부풀어오르고

먼 데 햇살은 또 저 혼자 자글거리고

엄마는 무수한 엄마가 되어 젖고 젖었지.

— 「붉게, 젖다」 전문

　‘엄마’가 문고리의 힘으로 혼자 동생을 낳으실 때 아버지는 거기 계시지 않았다. 마치 미당未堂의 「자화상」에서처럼, 아버지는 원천적으로 부재하시고, 어머니는 외따로운 생명의 징후를 보이신 것이다. 어느새 엄마의 신음은 마른 창호를 젖게 하고, 아기 울음소리는 새벽달을 찢었다. 아버지가 돈 벌러 밖을 떠도는 동안, 엄마는 그렇게 홀로 아이들을 낳고 손수 미역국 끓이신 것이다. 아마 그때 바다도 홀로 산고産苦를 치르는 듯했다고 시인은 적고 있다. 이처럼 ‘안개’와 ‘이슬’의 새벽에 엄마 혼자서 삶을 꾸려가는 모습이며, 수평선 눈시울 붉어오는 소리며, 해가 떠오르는 순간이며, 이 모든 것은 엄마를 적시고 또 적셔갔다. 그때 햇살도 혼자 자글거리고 ‘엄마’는 “무수한 엄마”가 되어가고 있었던 것이다. 여기서 사물들이 붉게 젖고 있는 것은 그것이 아침이어서 그렇기도 하겠지만, 모든 것이 ‘홀로’였던 ‘엄마/바다/햇살’이 다가와 이산離散과 가난의 신산한 풍경을 젖게 했기 때문이기도 할 것이다. 그렇게 '엄마'의 고독한 삶이야말로 이선균 첫 시집에 등장하는 존재론적, 언어적 기원이 아닐까 우리는 생각해본다. 그리고 자연스럽게 그 형상은 "갈고 문질러 벼려지는 바다의 상처"를 넘어 "한 모금 불 머금고 되살아나는 어둠"(「섭패」)을 밝히시는 모성의 위대한 형상 그 자체로 태어나는 것일 터이다.

낫 놓고 기역자를 겨우 깨치신 아버지
결기 머금은 파밭에서
일평생 꽃 피우셨지.

파밭 행간에서 나는
돌멩이를 차거나 나비를 쫓았지.

당신은 발톱이 무너지도록
뚝심 하나로
불후의 전집 엮으셨는데

초승달 된 낫으로 꿩의 목을 베기도 했지.
그런 밤이면 피 묻은 바람이
나를 낚아채 밤새 끌고 다니기도 했지.

부록으로 따라다니던 내게
대물림으로 꽂아준 푸른 만년필,

그 빛나는 발톱으로

밤을 찢어발기고

날아가는 새도 낚아채겠다던 나는

아직 무엇 하나 제대로 붙잡지 못했네.

파꽃보다도 뾰족한 불꽃 길어올리겠다던, 나는.

— 「파묵破墨」 전문

　　이번에는 '아버지'다. 이전 시편을 사실적 고백으로 보자
면, 해남이며 진도로 떠돌던 그 부재不在의 아버지는 "낫 놓
고 기역자를 겨우 깨치신" 분이었다. 아버지가 "결기 머금은
파밭에서/ 일평생"을 꽃 피우실 때 '나'는 "파밭 행간"에 있
었는데, 거기서 아버지는 발톱이 무너지도록 "불후의 전집"
을 뚝심으로 엮으셨고, '나'는 겨우 "부록"으로 아버지를 쫓
아다닐 뿐이었다. 이때 아버지는 '나'에게 '푸른 만년필'을 꽂
아주셨는데, '대물림'이라는 표현이 시사하듯, 어쩌면 '아버
지'는 시인의 발생론적 지점이셨을 것이다. 그 '푸른 만년필'
의 "빛나는 발톱으로/ 밤을 찢어발기고/ 날아가는 새도 낚
아채겠다던" 다짐은 아직도 유예 중이지만, 시인은 "파꽃보
다도 뾰족한 불꽃 길어 올리겠다던" 다짐을 통해 여전히 '시
인 이선균'으로 존재하고 살아간다. 여기서 시의 제목 '파묵'
은 먹을 겹쳐 사용함으로써 먹의 농담으로 입체감을 표현하
는 수묵화의 기법을 뜻하기도 하지만, '파밭[파]'에서 물려

주신 '만년필[丌]'의 뜻을 함축하면서 시인으로서의 불가피한 존재론을 환하게 보여주기도 한다. 그렇게 아버지의 흔적은 시인의 생애에 남아서, 지금도 '파묵'으로서의 시작詩作을 이끌어가신다.

심지 없는 양초에 불 붙입니다.

없는 불꽃이 일어
연꽃으로 타올라

바람도 없는데 흔들립니다.

두 손으로 감싼 인연이
흰 그늘에 닿아

없는 뿌리를 내려

물잠자리 꼬리 끝 방향을 잡아주는 거기

돌아가고 싶은

울음의 집.

— 「바람의 집」 전문

'바람'과 '촛불'은 서로 대극의 위치에 선다. "심지 없는 양초"에 불을 붙이자 그 촛불은 어느새 '연꽃'으로 타올라 흔들린다. 일찍이 기형도奇亨度는 같은 제목의 시편에서 "어머니 무서워요 저 울음소리, 어머니조차 무서워요." 라고 노래했는데, 이선균은 전혀 다른 차원에서 바람 없는 밤에 "두 손으로 감싼 인연"이 흰 그늘에 닿고 어느새 "없는 뿌리"를 내리곤 하던 '울음의 집'으로 돌아가고자 노래한다. 어쩌면 "물잠자리 꼬리 끝 방향을 잡아주는" 그곳은 시인의 존재론적 기원을 아스라하게 보여주는 '시간의 공간화' 형식일 것이다. "떨어져 있어야 포개질 수 있는/ 뼈와 살의 간극 바람으로 에돌아"(「간극」)가는 그곳이 바로 이선균 시학의 출발점이었던 셈이다. 이처럼 '어머니'와 '아버지'와 '바람의 집'은, 이선균 시학의 출발점이자 귀일점이다. 첫 시집은 본질상 일종의 '성장시집'으로 꾸려질 개연성이 큰데, 그것은 대개의 첫 시집이 시인 스스로의 원체험과 성장 과정 그리고 그에 따르는 고마움과 트라우마를 주밀한 기억의 층으로 담아내곤 하기 때문이다. 그 점에서 이선균의 첫 시집은 자신을 존재론적 동일성으로 해석하고 배열하려는 기억의 욕망이 강렬하게 움직인 결실이 아닐 수 없다. 그렇게 시인이 찾은 기원이란 완벽한 "탈각이 두려운"(「접도蝶道」) 존재의 집이자, 이제 "감탄부호"(「파문」)로 남아 오랜 파문처럼 전해져 오는 아련한 힘이기도 할 것이다.

원래 서정시 안에 구현된 시간은 경험적 시간이 새롭게 구성된 작품 내적 시간일 것이다. 그 점에서 우리가 흔히 '기억'이라고 하는 것도 마음이라는 지층에 남은 재구성된 흔적에 지나지 않을 것이다. 이선균은 의식 건너편에 내재한 그러한 기억을 아름답게 구성하면서 삶에 대한 성찰의 제의祭儀를 치르고 있다. 시인은 모든 기억이 과거 삶에 대한 사실적 재현이 아니라 현재의 시선에 의해 선택되고 배제되고 구성되는 어떤 것임을 보여주는데, 그 점에서 이선균이 회상하고 재현해내는 기억은 지금 자신이 잃어버리고 살아가는 원형적인 것들에 대한 그리움에서 발원되는 것일 터이다. 그 기억은 시인의 육체적, 정신적 원형을 품고 있는 근원을 함축하게 된다. 이 근원적 기억의 힘으로 이선균은 타자를 향한 연민과 사랑을 길어 올리게 되는 것이다.

5.

다음으로는 한 시대의 외곽 풍경을 거두어들이는 시인의 시선을 만나보자. 이는 이선균 시학의 타자 지향성을 알려주는 결실들이다. 물론 대개의 서정시는 자기 기원에 대한 기억과 고백 그리고 동질적 자기 확인의 과정을 중심 창작 동기로 삼는다. 비록 그것이 사회적 발언을 취한다고 하더라도, 서정시의 근원적 존재 방식은 궁극적으로 자기 귀환을 시도하는 데 있을 것이기 때문이다. 따라서 서정시의 바닥에는 시인 자신이 오랜 시간 겪은 절실한 경험 가운데 뿌리 깊은 기억의 층이 녹아 있게 마련이지만, 시인이 노래하는 대상이 일종의 공공성을 띰으로써 사회적 확산을 가져오는 경우도 있을 것이다.

물론 이러한 과정은 타자를 포괄하면서 동시에 다시 구체적 개인으로 회귀하는 과정을 포괄한다. 그래서 이선균 시편은, 구체적 타자들의 삶을 통한 원심력과 자기 회귀를 통한 구심력을 동시에 보여주는 실례로 다가온다. 아닌 게 아니라 가파르고도 견고한 관찰과 묘사를 통해 삶의 이치를 담아내는 이선균의 품과 격은 우리에게 맞춤한 감동을 준다. 그리고 이러한 과정은 타자들에 대한 적정한 은유를 통해 펼쳐지는데, 이선균은 정밀한 관찰과 경험을 매개로 인간적 삶이 무엇인가를 환기해간다.

그 여자의 집을 엿보는 버릇이 있다.

해물지짐이 건너오고
아이들 뛰노는 소리 노릇노릇 만개하던 집

언제부턴가 문 두드려도 아무 반응이 없어
현관문 밖 도시가스 검침 표를 몰래 읽는다.

가스 사용량으로 그 집 체온을 가늠해보는 것인데
달마다 곤두박질치던 가스 사용량이
검침 표 칸칸이 살얼음으로 맺혔다.

가스의 무게가 가벼워질수록

삶은 점점 흐릿해진 것일까.

침묵으로 일관하던 현관문이 마침내 입을 연다.
갓 제대한 아들이라며 여자의 병상일지를 전한다.

암 병동에서 급작스레 어두워지다
가스 사용량이 바닥을 칠 때
여자도 함께 나락으로 떨어졌다고.

나는 지금도 습관적으로 그 집 검침 표를 엿본다.
— 「사라져가는 것들의 온기」 전문

"그 여자의 집"에서는 천천히 사라져가는 것의 온기를
발견할 수 있다. 사람살이의 활력이 만개하던 집이 언제부
턴가 "현관문 밖 도시가스 검침 표"가 곤두박질치면서 온
기를 상실해갔다. 그 여자의 집을 넌지시 엿보던 버릇이 시
인으로 하여금 "가스 사용량으로 그 집 체온"을 몰래 가늠
해보게끔 한 것인데, "침묵으로 일관하던 현관문"이 열려
시인은 '그 여자'가 깊은 병을 앓고 있음을 알게 된다. '가
스 사용량'이 '바닥'을 칠 때 그 여자도 함께 나락으로 떨어
졌다고 생각하면서, 시인은 이후로도 습관적으로 검침 표
를 엿본다. 그렇게 한 사람의 삶의 바닥을 응시하는 시인의
시선은 따뜻하고 또 사라져가는 것들을 위무慰撫한다. 그래
서 시인은 타자들의 "소리 맑고도 깊어/ 밤이 넓어지고/ 온

도차는 좁혀"(「온도차」)지는 순간을 적극 옹호하는 것이다.

근린공원 시멘트 의자 밑

빈 막걸리 병

필터까지 태운 담배꽁초들

철 지난 신문지들

풀어헤친 라면박스

누군가 개구리 잠을 청한 자취

눈 뜬 발자국 위로

첫 봄눈 흩날린다.

— 「경칩」 전문

봄날의 한 정점인 '경칩'에 시인은 근린공원 의자 밑에 널
브러진 "빈 막걸리 병"과 "필터까지 태운 담배꽁초들"을 바
라본다. "철 지난 신문지들" 역시 생애가 저물어가는 동시
대의 타자들을 은유하는 것일 터이다. 그렇게 "풀어헤친 라
면박스"는 "누군가 개구리 잠을 청한 자취"일 것인데, 이는

개구리도 잠을 깬다는 경칩의 역상逆像으로 설정된 것일 터이다. 그 위로 "눈 뜬 발자국 위로// 첫 봄눈"이 날리고 있는 장면은, 따뜻한 봄인데도 가장 추운 시간을 맞고 있는 외곽성의 한 풍경을 간접화한다. 그렇게 이선균은 "짓밟힌 울음주머니들 콘크리트 바닥을 오체투지 진군하는 밤"(「로드킬」)처럼 동시대의 타자들을 안아들이고 있다.

이처럼 이선균 시학이 겨누는 것은 동시대를 살아가는 타자의 삶이고, 더 나아가 공동체적 서사이다. 이때 우리는 시인의 '말'과 '삶'이 만나는 지점에 시인의 원심과 구심이 함께 놓여 있음을 발견하게 된다. 그래서 시인의 시선이 동시대를 고단하게 살아가는 뭇 타자들을 향하고 있을 때, 그 시선 확장이 바로 이선균 시학의 원심이 되며, 이선균 시편이 자기 고백과 확인을 창작 동기로 삼더라도 심층적으로는 주변적 삶을 살아가는 이들의 아픈 이야기를 뼈대로 삼고 있는 경우가 많다는 사실을 알아간다. 이는 따뜻한 연민의 시선이라고 말할 수도 있고, 가파른 현실에 맞서는 이들을 향한 공감의 시선이라고 말할 수도 있을 것이다.

6.

두루 알려져 있듯이, 서정시의 궁극적인 존재 방식은 시인 스스로 지나온 날들에 대해 수행하는 기억과 고백의 원리에서 찾을 수 있다. 다시 말하면 시인은 시 안에서 화자와 통일된 몸을 형성하면서 자신만의 오랜 기억을 고백으로 풀어놓는다. 물론 탈脫주체 담론들이 주체의 명료한 기억을 부정하고는 있지만, 좋은 시인의 가편佳篇들은 여전히 자기 성찰에 대한 열망을 지속적으로 보여주게 마련이다. 이선균은 합리적 이성으로는 착안되지 않는 삶의 상처나 긍정 요소들에 대해 오랜 기억의 원리를 통해 그러한 것들을 고백해간다. 이때 이선균 시편은, '잘 빚어진 항아리'처럼, 오랜 기억의 원리가 새로운 감각과 견고하게 만날 때 생성되는 참다운 고백의 속성을 지녀간다. 이선균의 첫 시집은 오랜 시간의 층에서 회상回想과 예기豫期를 동시에 치러내며, 현실 질서보다는 상상 질서의 탈환 과정을 선명하게 보여준다. 그 과정에서 시인은 단호하고 결연함보다는, 다소 머뭇거리면서 흔들리는 시간을 더 친화적으로 노래해간다.

여기서 우리는 선형 도식이나 구도構圖가 소멸하면서 다양한 타자들이 한데 어울리는 풍경을 이선균의 시집에서 목도하게 된다. 이러한 전회轉回 경험은, 감각의 창신創新과 인지의 충격을 동시에 선사하면서 우리로 하여금 새로운 세계에 진입하게 해준다. 왜냐하면 이선균의 시 안에서 우리는 삶이라는 것이 단선적으로 전개되는 것이 아니라 복합적으로 흘러가는 것이고, 서정시가 자기 충실성을 벗어나 타자들의 삶에 대한 관심으로까지 확장되는 것임을 경험하기 때문이다. 그리고 타자를 향한 아득한 원심이 결국 자기 회귀성을 띠며 귀환해오는 서정적 순간을 만나기 때문이다.

더 많은 작품들이 언급될 수 있었을 것이다. 어느 것을 인용해도 좋을 만큼, 이선균 시편은 일정한 균질성을 확보하고 있기 때문이다. 다른 시편들이 더 인용되었다면, 이 길지 않은 시집 해설은, 얼마든지 다른 색과 선으로 완성될 수 있었을 것이다. 하지만 지금까지 우리가 읽어온 것만 해도 이선균 시학의 면모는 약여하게 드러났다고 보아도 좋을 것이다. 요컨대 이선균 시편은 강렬한 사랑과 깊디깊은 기원과 애잔한 타자를 상상하는 심미적 서정을 일관되게 보여주었다. '사랑'이 이인칭을, '기원'이 일인칭을, '타자'가 삼인칭을 호명해야 한다는 점에서 이선균 시는, 언뜻, 다차원의 고백이자 증언으로 풍요롭게 다가오고 있다. 그래서 우리는 다음 시집이 이러한 주제들의 확장적 변주에 바쳐질 것을, 환한 마음으로, 기대할 수 있게 되는 것이다.